EL COLOR DE MIS EMOCIONES

Papel certificado por el Forest Stewardship Council®

Título original: 네 기분은 어떤 색깔이니
Primera edición: septiembre de 2024

Publicado originalmente en coreano en 2023 por Bear Books Inc.
Publicado por acuerdo con Bear Books Inc. a través de Orange Agency Co., Ltd.
Todos los derechos reservados.

© 2023, Choi, Sook Hee
© 2024, Penguin Random House Grupo Editorial, S. A. U.
Travessera de Gràcia, 47-49. 08021 Barcelona
© 2024, Malena Bares, por la traducción
Diseño de la cubierta: adaptación del diseño original de Bear Books Inc.

Penguin Random House Grupo Editorial apoya la protección de la propiedad intelectual. La propiedad intelectual estimula la creatividad, defiende la diversidad en el ámbito de las ideas y el conocimiento, promueve la libre expresión y favorece una cultura viva. Gracias por comprar una edición autorizada de este libro y por respetar las leyes de propiedad intelectual al no reproducir ni distribuir ninguna parte de esta obra por ningún medio sin permiso. Al hacerlo está respaldando a los autores y permitiendo que PRHGE continúe publicando libros para todos los lectores. De conformidad con lo dispuesto en el artículo 67.3 del Real Decreto Ley 24/2021, de 2 de noviembre, PRHGE se reserva expresamente los derechos de reproducción y de uso de esta obra y de todos sus elementos mediante medios de lectura mecánica y otros medios adecuados a tal fin. Diríjase a CEDRO (Centro Español de Derechos Reprográficos, http://www.cedro.org) si necesita reproducir algún fragmento de esta obra.

Printed in Spain – Impreso en España

ISBN: 978-84-19910-35-6
Depósito legal: B-10318-2024

Compuesto en Comptex&ass., S. L.
Impreso en Talleres Gráficos Soler, S. A.
Esplugues de Llobregat (Barcelona)

Choi Sook Hee

EL COLOR DE MIS EMOCIONES

Traducción de
Malena Bares

B DE BLOK

Esta mañana, mis emociones
son de un blanco deslumbrante.
Aún no sé de qué color se pintarán,
porque acabo de despertarme.

Ahora mis emociones son de un amarillo emocionante,
como el de las mariposas que juegan en el campo.
¿Qué aventuras viviré hoy?

Ahora mis emociones son de un verde vivo y lleno de curiosidad, como el de un árbol que quiere crecer.
¿A quién conoceré? ¿Qué cosas nuevas aprenderé?

Ahora mis emociones son
de un verde amarillento, tímido,
como el de una planta
que empieza a brotar.
¿Se me va a dar bien?

Ahora mis emociones son de un naranja alegre, como los globos que flotan en lo alto del cielo. Las palabras amables me ayudan a crecer.

Ahora mis emociones son de un rosa dulce
que me hace cosquillas en el corazón.
¡Me encanta estar contigo!
¿Jugamos juntos mañana? ¿Y pasado?

Ahora mis emociones son de un morado confuso
que me hace dudar: no sé si enfadarme o ponerme a llorar.
¿Por qué juegas con ella y conmigo no?

Ahora mis emociones son
de un rojo encendido
que me quema el cuerpo, de la cabeza a los pies.
¿Por qué no entiendes cómo me siento?

Ahora mis emociones
son de un azul oscuro,
profundo, frío y solitario
como el mar.
¿Por qué habré hecho eso?
Tendría que haberte pedido
que jugaras conmigo…

Ahora mis emociones son de un gris nublado,
y siento las lágrimas como gotas de lluvia a punto de caer.
¿Me disculpo primero?
¿Y si no quiere perdonarme?

Ahora mis emociones son de un marrón reconfortante y cálido, como una caricia o un abrazo.
«No te preocupes, todo irá bien».

Ahora mis emociones son de un azul liberador y claro,
como el cielo despejado.
Te he echado de menos. No quiero discutir más.

Ahora mis emociones son de un negro que abraza todos los colores, como el de la noche que espera un nuevo día.
¿Qué emociones florecerán mañana?